Amber

Jun-Yeong

Pablo

Matilda

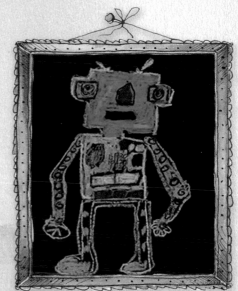

Marwin

Hasan

Rebecca

Gracias a todas estas escuelas por su ayuda con las guardas:

St. Barnabas Primary School, Oxford, Inglaterra;
St. Ebbe's Primary School, Oxford, Inglaterra;
Marcham Primary School, Abingdon, Inglaterra;
St. Michael's C.E. Aided Primary School, Oxford,
Inglaterra; Sr. Bede's RC Primary School, Jarrow,
Inglaterra; The Western Academy, Beijing, China;
John King School, Pinxton, Inglaterra; Neston Primary
School, Neston, Inglaterra; Star of the Sea RC Primary
School, Whitley Bay, Inglaterra; Escola Básica José Jorge
Letria, Cascais, Portugal; Dunmore Primary School,
Abingdon, Inglaterra; Özel Bahçeşehir İlköğretim Okulu,
Estambul, Turquía; International School of Amsterdam,
Países Bajos, Holanda; Princethorpe Infant School,
Brimingham, Inglaterra.

A mi encantadora hermana Moya
y su maravilloso esposo Basil – V. T.

A Katya Wright – K. P.

Título original: *Winnie's New Computer*

© 2003 Valerie Thomas (texto)
© 2003, 2016 Korky Paul (ilustraciones)

Winnie y Wilbur. La computadora nueva
se publicó originalmente en inglés en 2003.
Esta edición se ha publicado según
acuerdo con Oxford University Press.

Winnie's New Computer was originally
published in English in 2003.
This edition is published by arrangement
with Oxford University Press.

D.R. © Editorial Océano, S.L.
Milanesat 21-23, Edificio Océano
08017 Barcelona, España
www.oceano.com

D.R. © Editorial Océano de México, S.A. de C.V.
Eugenio Sue 55, Polanco Chapultepec
Miguel Hidalgo, 11560, Ciudad de México
www.oceano.mx
www.oceanotravesia.mx

Primera edición: 2006
Segunda edición: 2017

ISBN: 978-607-527-102-6

IMPRESO EN CHINA / *PRINTED IN CHINA*

VALERIE THOMAS Y KORKY PAUL

Winnie y Wilbur
LA COMPUTADORA NUEVA

OCEANO Travesía

La bruja Winnie tenía una computadora nueva. Estaba muy contenta. Su gato, Wilbur, también estaba contento. Sabía que iba a ocurrir algo emocionante y no se lo quería perder.

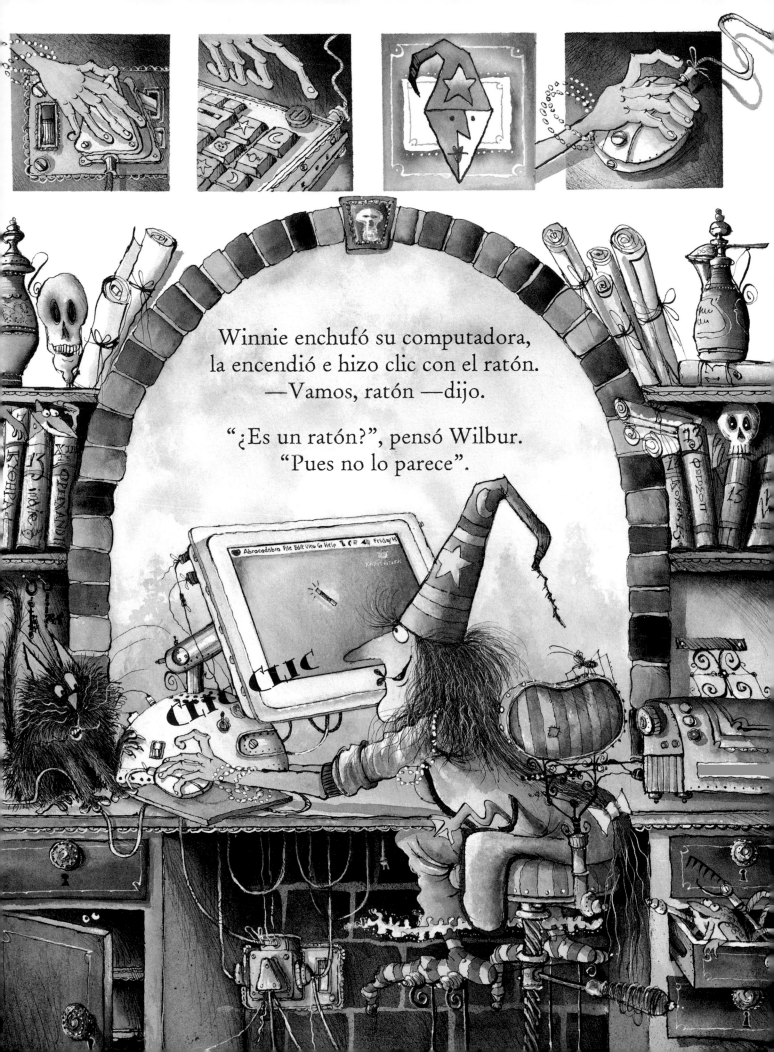

Winnie enchufó su computadora,
la encendió e hizo clic con el ratón.
—Vamos, ratón —dijo.

"¿Es un ratón?", pensó Wilbur.
"Pues no lo parece".

Winnie entró en Internet.
Wilbur quería ver mejor el ratón.
Le dio unos golpecitos.

—¡No se toca el ratón, Wilbur! —dijo Winnie—.
Quiero pedir una varita nueva.

Wilbur volvió a tocar el ratón. Toc, toc.

Αμπρακανταμπρα Φαιλ Ε-ντιτ Βιου Γκωόυ Ουίν-ντου Χελπ 13.13

www.varitas.com

ORDENE

¡OFERTA!
·VARITAS MÁGICAS·

Mini Midi Maxi SÜPADÜPA
$5.ºº $50.ºº $500.ºº $5,000.ºº

CLIC
CLIC

Winnie se enfadó.
Sacó a Wilbur al jardín.
No se había dado cuenta
de que estaba lloviendo.

Wilbur sí se dio cuenta de que llovía.
Se estaba empapando.
Observó a Winnie a través de la ventana.
Vio que la estaba pasando muy bien.

Pidió su varita nueva y luego entró
en la página www.diverbrujas.com.
Había unos chistes muy divertidos.
—¡Ja, ja, ja! —se reía Winnie.

Quien no se reía era Wilbur.
Hasta los bigotes le chorreaban.
—Miau —maullaba—. ¡Miaaaauuuu!
Pero Winnie no lo oía.

"Ese ratón la ha hechizado", pensó Wilbur.

CLIC CLIC

Plop, plop, plop.
—¿Qué es ese ruido?
—se preguntó Winnie.

Era la lluvia. Caía del techo.

—¡Oh, no! —exclamó Winnie—.
¡Se va a descomponer
la computadora! Necesito
el hechizo reparatechos.

Pero no encontraba su libro de hechizos
ni su varita por ninguna parte.

—¿Dónde están? —se lamentó,
mientras la lluvia caía del techo.

Al final los encontró.
Apuntó al techo, agitó su varita
siete veces y gritó:

¡Abracadabra!

El techo dejó de gotear.
—Gracias a los sapos
—dijo Winnie.

Entonces se le ocurrió una idea fantástica.

—Voy a escanear mis hechizos y los guardaré en la computadora
—dijo—. Así ya no necesitaré mi libro de hechizos. Y tampoco
mi varita mágica. Sólo utilizaré la computadora. Un clic bastará.

Así que Winnie introdujo todos sus hechizos en la computadora nueva.
—Será mejor que los pruebe —dijo—.
Veamos, ¿qué hago?

—¡Ya sé! Convertiré a Wilbur en un gato azul.

Dejó entrar a Wilbur. Fue a la computadora, hizo clic con el ratón y Wilbur se volvió azul brillante.

—¡Perfecto! —exclamó Winnie—. ¡Funciona!

CLIC

CLIC

Hizo clic una vez más y Wilbur volvió a ser un gato negro.
Un gato negro, empapado y furioso.

—Bueno, Wilbur —dijo Winnie—,
ya no necesitaré mi libro de hechizos
ni mi varita mágica.

Y los tiró al bote para que se los llevara
el camión de la basura.

Aquella noche, Wilbur esperó
a que Winnie estuviera roncando.
Entonces entró sigilosamente
en el cuarto de la computadora.

Quería ver qué pasaba con ese ratón.

Le dio unos golpecitos. No ocurrió nada.
—¡Miau, grrrrr! —le gruñó.
Se tiró de espaldas, lo lanzó al aire
y luego lo atrapó.

Winnie había dormido muy bien.
Se levantó y bajó a desayunar.

—¡A desayunar, Wilbur! —gritó—.
¿Wilbur, dónde estás? —insistió.

Buscó en el jardín, en el baño y en todos los armarios.
Ni rastro de Wilbur. Entonces entró en el cuarto de la computadora…

—¡¡¡Ay, no!!! —chilló Winnie—.
Wilbur, ¿dónde estás? ¿Y dónde está la computadora?

Corrió por su libro de hechizos.
Buscó la varita mágica
en su bolsillo.

Y entonces se acordó.

Se asomó por la ventana.
El basurero estaba vaciando
su bote en el camión.

—¡Deténgase! —gritó Winnie.
Pero era demasiado tarde.
El hombre no la oyó.
Subió al camión y se fue.

—¿Y ahora qué haré? —sollozó Winnie.

Entonces llegó otro camión.
—¡Mi varita nueva! —exclamó Winnie—.
¡Ha llegado! ¡Gracias a los sapos!

Tomó la varita nueva, la agitó una vez y gritó:

¡Abraca

El libro de hechizos salió del camión de la basura volando por los aires…

dabra!

... y cayó en sus brazos.

Winnie corrió adentro y buscó el hechizo para hacer volver las cosas.
Luego cerró los ojos, agitó su varita cuatro veces y gritó:

¡Abracadabra!

La computadora y Wilbur regresaron.
—¡Oh, Wilbur! —dijo Winnie—. ¡Eres
azul brillante! ¿Qué ha ocurrido?
No te preocupes, te volveré
a transformar en un gato negro.

Winnie fue a la computadora
e hizo clic con el ratón.
Wilbur volvió a ser un gato negro.

—Bueno —dijo Winnie—. Todavía
funciona. Pero creo que conservaré
mi libro de hechizos y mi varita.
Tal vez algún día los vuelva
a necesitar.

Bethany

Katia

Eun-Jae

Kathleen

Ji-Eun

Jenny

Sara